ResumenExpress.com

El burgués gentilhomme

de Molière

GUÍA DE LECTURA

Escrita por Vincent Jooris
Traducida por Juan Lopez

El burgués gentilhomme

de Molière

Entiende fácilmente la literatura con

ResumenExpress.com

www.ResumenExpress.com

MOLIERE

DRAMATURGO, ACTOR Y DIRECTOR DE TEATRO FRANCÉS

- **Nacido en 1622 en París**
- **Murió en 1673 en la misma ciudad**
- **Algunas de sus obras:**
  - *Dom Juan* (1665), comedia
  - *El avaro* (1668), comedia
  - *Le Malade imaginaire* (1673), comedia-ballet

Molière (cuyo verdadero nombre era Jean-Baptiste Poquelin) nació en París en el seno de la burguesía acomodada. Se dedicó al teatro desde muy joven y fundó la compañía Illustre-Théâtre (1643-1645) con la actriz Madeleine Béjart (1618-1672). Tras trece años de teatro itinerante por varias provincias, regresó a París, siendo convocado por el rey Luis XIV (1638-1715), que lo tomó a su servicio y lo puso bajo su protección.

Molière escribió principalmente comedias en las que, bajo el pretexto de la risa, denunciaba los defectos de sus contemporáneos (preciosismo, pedantería, avaricia, etc.) y criticaba a ciertos miembros de la sociedad del siglo XVII (padres autoritarios, falsos devotos, médicos charlatanes, etc.).

El 17 de febrero de 1673, cae enfermo en el escenario durante una representación de Le *Malade imaginaire* y muere en su casa esa misma noche. Sus numerosas obras de teatro siguen teniendo una influencia considerable en la actualidad y lo convierten en uno de los principales autores del siglo clásico.

EL BURGUÉS GENTILHOMME

EL SR. JOURDAIN O LA LOCURA DE LA GRANDEZA

- **Género:** comedia-ballet
- **Edición de referencia:** *Le Bourgeois gentilhomme*, *Le Médecin malgré lui*, París, Maxi-Livres, 2005, 158 p.
- **1ª edición:** 1670
- **Temas:** burguesía, arribismo, ridículo, parvenus, ascenso social, educación

Estrenada en 1670 en la corte de Luis XIV, *Le Bourgeois gentilhomme* es una comedia-ballet de Molière, que combina música de Jean-Baptiste Lully (compositor francés de origen italiano, 1632-1687) con interludios de danza de Pierre Beauchamp (bailarín y maestro de ballet francés, 1631-1705).

Un burgués muy rico, el Sr. Jourdain es un hombre embargado por la locura de la grandeza que desea ingresar en la aristocracia. Intenta aprender los modales de la aristocracia (gracias a las clases particulares que le imparten unos maestros), corteja a una marquesa y busca un suegro noble. Pero sólo consigue que todos se burlen de él y le estafen.

Esta famosa obra, precursora del musical, se ha representado miles de veces desde su creación, lo que la convierte en un clásico. También se ha adaptado varias veces al cine y a la ópera.

RESUMEN

ACTO I

Escena I

El maestro de música y el maestro de baile están encantados de tener como alumno al señor Jourdain, porque, aunque conoce poco a la nobleza, les paga bien. Además del dinero, el maestro de baile aprecia los elogios que recibe por practicar su arte, puesto que alimentan su ego.

Escena II

Llega el Sr. Jourdain. Los dos amos admiran hipócritamente su atuendo y le hacen muchos cumplidos, a pesar de que su invitado sólo lleva una bata y una cofia.

El Sr. Jourdain escucha entonces una serenata compuesta por el discípulo del maestro de música, que le parece sombría. Luego cantó una cancioncilla ligera; ambos maestros le felicitaron y cada uno le describió lo indispensable de su arte.

La escena termina con un interludio musical compuesto por tres músicos, que agrada mucho al Sr. Jourdain.

ACTO II

Escena I

El Sr. Jourdain demuestra la crudeza de sus gustos artísticos al confesar que le gusta la trompeta marina, un instrumento conocido por hacer un ruido poco melodioso. Acepta que se celebre un concierto de música en su casa una vez a la semana, ya que el maestro de música dice que es una costumbre que observan las personas de calidad.

M. Jourdain anuncia entonces la llegada de la marquesa Dorimène esa misma noche y quiere aprender a hacer reverencias.

Escenas II y III

Llega el maestro de armas. El Sr. Jourdain demuestra su torpeza (al no ser capaz de defenderse de un simple ataque con el florete) y dice tonterías (al entender que un hombre, si sabe hacer los movimientos de muñeca correctos al manejar el florete, está seguro de no ser asesinado por su adversario).

Cuando el maestro de armas afirma la superioridad de su arte, estalla una discusión entre los tres maestros. El Sr. Jourdain intenta intervenir, pero nadie le hace caso.

Entonces aparece el profesor de filosofía y afirma que es la filosofía la que domina todas las disciplinas. La lucha se reanuda y el Sr. Jourdain, cansado de que no le hagan caso, les deja pelearse entre ellos.

Escena IV

Cuando termina la discusión, el profesor de filosofía comienza su conferencia con una cita en latín (*"Nam sine doctrina vita est quasi mortis imago"*: sin ciencia, la vida es una imagen de la muerte), que el burgués finge entender para aparentar ser culto.

A continuación, el profesor le pregunta qué quiere aprender. El Sr. Jourdain se niega a hablar de lógica, moral y física, que considera aburridas y sin interés; demuestra así que no ha entendido en absoluto la frase en latín de su interlocutor.

El Sr. Jourdain prefiere aprender ortografía. El profesor de filosofía decide darle una lección sobre las vocales y su pronunciación, que está bastante lejos de su campo favorito. Su anfitrión repite las vocales con candor y ridiculez.

Al final de la lección, el burgués pide al profesor que le ayude a escribir unas palabras para seducir a la marquesa. En este punto muestra una nueva faceta de su ignorancia: no sabe lo que es la prosa.

Insiste en que el maestro de filosofía escriba algo parecido a "bella marquesa, sus hermosos ojos me hacen morir de amor": aún no ha escrito la nota destinada a Dorimène y desea que el maestro la modifique para que sea lo más contundente posible.

Este último sugiere alternativas, antes de admitir que la formulación utilizada inicialmente por M. Jourdain es la mejor. Jourdain presume de haber encontrado esta fórmula gracias a su talento natural.

Escena V

El maestro sastre viene a entregar su pedido. El Sr. Jourdain se queja de que sus medias le hacen daño y, cuando le presentan una prenda en la que las flores aparecen al revés, expresa su asombro.

El sastre compensa su error asegurándole que así es como la gente de calidad lleva las flores, lo cual es una mentira descarada para mantenerse en la buena onda de los burgueses. El Sr. Jourdain acepta inmediatamente llevar la prenda.

Los sastres, ayudantes del amo, utilizan términos nobles para dirigirse al Sr. Jourdain ("caballero", "alteza"), lo que le halaga mucho al Sr. Jourdain y les compensa con dinero.

ACTO III

Escenas I a III

El Sr. Jourdain sale a pasear para lucir su nueva ropa. Nicole, la criada, se ríe de su ridículo atuendo. El Sr. Jourdain le dice que esa noche vendrán invitados, lo que interrumpe sus risas y la pone de mal humor.

Llega entonces la esposa del Señor Jourdain y reprende a su marido por sus aspiraciones de nobleza, le asegura que mucha gente se burla de él y de su comportamiento. Nicole se queja del trabajo extra que supone el desfile de los maestros.

Desconcertado, el Sr. Jourdain les echa la culpa de su ignorancia e intenta demostrar sus conocimientos refiriéndose a su lección de pronunciación.

Mme. Jourdain también deplora que un señor, Dorante, siga pidiéndoles dinero prestado: a diferencia de su marido, no cree que vaya a devolvérselo nunca.

Escenas IV y V

Dorante llega e inmediatamente halaga al Señor Jourdain. Promete saldar sus deudas y consigue que le preste más dinero. El Señor Jourdain se ve engañado una vez más, pues no puede negarse a nada ante ese hombre, puesto que tiene contacto directo con el Rey y es posible que le pueda hablar al Rey de él.

Dorante busca a Lucile, la hija de los Jourdain, porque quiere verla. Mme Jourdain, que no se deja engañar por sus halagos hipócritas, se burla humorísticamente de él.

Escena VI

Dorante confirma la llegada de la marquesa Dorimène y hace su papel de casamentero. Insiste en que a las mujeres les gusta que las colmen de regalos.

M. Jourdain, que espera seducir a la marquesa, se asegura de que su esposa no esté presente en la cena;

quiere evitar cualquier situación embarazosa. Nicole espía la conversación en nombre del Señor Jourdain, pero los dos hombres abandonan la escena en cuanto la descubren.

Escena VII

Nicole informa a la Sra. Jourdain. No le sorprende la ligereza de su marido y no se lo toma como algo personal. Le gustaría especialmente que su hija se casara con Cléonte, su pretendiente. Por ello, ordena a Nicole que envíe a buscarle para pedirle la mano de Lucile.

Escenas VIII a X

Nicole alcanza a Cleonte. Él y su ayuda de cámara, Covielle, no quieren oír nada de lo que ella tiene que decir y la echan de inmediato. De hecho, ambos hombres se quejan de haber sido ignorados previamente en un encuentro fortuito: Cléonte por Lucile, y Covielle por Nicole.

Sin embargo, Cléonte sigue enamorado de Lucile, y Covielle está igualmente enamorado de Nicole.

Ésta le cuenta entonces a Lucile la mala acogida que recibió en casa de Cléonte. Las jóvenes intentan aclarar el malentendido, y sus pretendientes finalmente escuchan sus explicaciones: iban acompanadas de una tía anciana para quien el mero acercamiento de un hombre deshonra a una joven.

 Es entonces cuando las dos parejas se reconcilian.

Escenas XI a XV

Cléonte le pide a Lucile que se case con él, pero M. Jourdain rechaza la propuesta del joven porque no es un "caballero". A pesar de que Cléonte está al mismo nivel que la familia Jourdain en la escala social.

Se produce una discusión entre el Sr. y la Sra. Jourdain sobre los intereses de la familia: a la Sra. Jourdain le gustaría que su hija se casara con un hombre de su mismo rango social; al Sr. Jourdain, en cambio, le gustaría que su hija fuera marquesa.

Cléonte está desesperado, pero Covielle tiene un plan para convencer a M. Jourdain: se retiran a discutirlo.

Tras lo acontecido el Sr. Jourdain se lamenta por no ser noble de nacimiento.

Escenas XVI a XX

Se anuncian Dorante y Dorimène. Mientras hablan, comprendemos que Dorante hace pasar por suyos los regalos de M. Jourdain y que quiere casarse con la marquesa. Ésta queda impresionada por sus dotes para cortejarla, pero ignora que Dorante vive de préstamos y la manipula.

M. Jourdain les interrumpe. Dorante le aconseja discretamente que no hable del diamante que le ha regalado, para evitar que se descubra su engaño.

El acto termina con la llegada del lacayo, que invita a los protagonistas a la mesa.

ACTO IV

Escena I

La cena está ambientada con música. Dorante se lo atribuye a Dorimène. El Sr. Jourdain es reflexivo, a pesar de su torpeza habitual. En la mesa, Dorante evita cuidadosamente el tema del diamante, pero Dorimène se da cuenta de la galantería de M. Jourdain, lo que irrita a Dorante.

Escenas II a IV

Mme Jourdain sorprende a su marido adulando a Dorimène. Cuando Dorante afirma ser quien encargó la comida, M. Jourdain, demasiado ingenuo y bajo el control del Conde, cree que le está encubriendo.

Pero sólo se trata de proteger sus intereses con la marquesa.

La Sra. Jourdain no se deja engañar y llama la atención a todo el mundo. Dorimène, que no comprende la situación y abandona la habitación enfadada. Dorante la acompaña a casa. M. Jourdain exige una disculpa de su esposa, en vano.

Escenas V a VIII

Covielle entra disfrazado de turco. Se presenta como amigo del padre del Sr. Jourdain: para ganarse su confianza, le hace creer que su padre era un noble caballero, no un comerciante. Entonces anuncia que el hijo del Gran Turco desea casarse con Lucile. Pero para que esta unión tenga lugar, M. Jourdain debe convertirse en "mamamouchi" -un título honorífico inventado por Molière-, un noble turco.

Obviamente, acepta. Entonces llega Cléonte, también disfrazado de turco. Covielle hace de intérprete. La ceremonia de ennoblecimiento es un interludio musical e incluye golpes con palos y espadas.

Dorante es informado del engaño por Covielle, que se ríe de su ingenuidad.

ACTO V

Escenas I a III

La Sra. Jourdain le pide a su marido que le explique su disfraz de turco.

Su mujer comienza a creer que su marido está loco.

Mientras tanto, Dorante apoya la mascarada de Cléonte y aprovecha para convencer a Dorimène de que se case con él. El Conde felicita también a M. Jourdain, que se disculpa por el comportamiento de su esposa y manda llamar a su hija para que se case con el Turco.

Escenas IV a VI

El Sr. Jourdain presenta a Lucile a su futuro marido. Al principio se niega a casarse con él, pero cuando reconoce a Cléonte, finalmente acepta. Ella hace pasar este cambio de opinión por un repentino deseo de complacer a su padre, algo que halaga al Señor Jourdain.

Escena VII

Mme Jourdain se opone firmemente al matrimonio, pero cuando Covielle le informa del engaño (llevándola aparte para revelarle su plan, sin que M. Jourdain lo oiga), finalmente acepta.

Dorante anuncia también su matrimonio con Dorimène, lo que apacigua los celos de Mme Jourdain.

El Señor Jourdain piensa ingenuamente que se trata de un truco de Dorante para cubrirlo frente a su esposa y deja que suceda, aún con la esperanza de casarse con la marquesa.

También le da la mano de Nicole a Covielle. Así pues, se planea una boda triple.

Mientras esperan al notario, todos se entretienen con el espectáculo ofrecido en honor de los invitados: el *Ballet de las Naciones* (español, italiano y francés). Sólo esta parte dura tanto como la comedia.

ESTUDIO DE CARACTERES

SR. JOURDAIN

El Sr. Jourdain, un rico comerciante de telas, prácticamente no tiene estudios. Sueña con ser como los nobles, pero no conoce sus costumbres. Por ello, gasta mucho dinero para aprender sus usos y costumbres, establecer contactos y acercarse a la corte. Su principal objetivo es seducir a la marquesa Dorimène para ascender socialmente.

Muy crédulo, pronto es descubierto por unos estafadores que le sacan mucho dinero. Es también ingenuo, engreído y torpe.

El Sr. Jourdain provoca a veces risa y a veces lástima, por ejemplo cuando responde a las diversas instrucciones de sus profesores con una serie de "¿uh?" que demuestran su total falta de comprensión.

A pesar de todo, el Señor Jourdain es desconfiado. Para llevar a cabo su complot, desconfía de todo el mundo, porque sabe que le vigilan. Y, de hecho, es objeto de las miradas de todos -la de sus explotadores, la de sus criados, la de su mujer, etc.-, a menudo maliciosas, burlonas o reprobadoras. -

El personaje del niño mimado es omnipresente y sostiene toda la obra. El propio Molière interpretó este papel, que desde entonces se ha convertido en un éxito para otros actores en los siglos posteriores.

SRA. JOURDAIN

La esposa del Sr. Jourdain no niega su condición de burguesa. Encarna la sensatez y el orden frente a la locura excéntrica de su marido. Los excesos de éste la dejan descolocada, sobre todo porque la excluye de sus planes.

Le quedan la burla y la paciencia como último recurso: en varias ocasiones llama "loco" a su marido, lo que ilustra su impotencia ante la enormidad de sus aspiraciones.

Mme Jourdain siempre apoya lo que cree justo -por ejemplo, se niega a que su hija se case con el turco (que no sabe que es Cléonte)- y también sabe defender los intereses de su familia cuando se ven amenazados: por ejemplo, desconfía de Dorante, temiendo que estafe a su marido.

Por último, este personaje ofrece un útil contraste con la economía y la comedia de la obra: cuanto más sensata y serena parece la señora Jourdain, más ridículo y crédulo se muestra el señor Jourdain:

> *"MADAME JOURDAIN – Sí, es amable contigo y te alaba, pero te pide prestado tu dinero.*
>
> *MONSIEUR JOURDAIN – ¿No es un honor prestar dinero a un hombre en esas condiciones? ¿Y puedo hacer menos por un señor que me llama su querido amigo?*

DORANTE

Dorante se presenta como un conde, pero ¿realmente lo es? La duda plantea a lo largo de toda la obra y nunca llega a aclararse.

Sirve de casamentero entre el Señor Jourdain y la marquesa, aunque des el principio sus intenciones son otras porque está profundamente enamorado de la marquesa.

Pero más allá de las apariencias, sus motivos son claramente egoístas, y no tiene ninguna consideración por el Sr. Jourdain, a quien lleva tiempo estafando. Dorante es un hábil manipulador y mentiroso, se aprovecha de las aspiraciones y la franqueza del Sr. Jourdain para servir a sus propios intereses.

Le extorsiona dinero sin escrúpulos -fingiendo apoyar su ascenso- y seduce a Dorimene en su lugar.

LOS MAESTROS

En casa del Sr. Jourdain, los maestros van y vienen a todas horas, y todos son expertos en sus respectivos campos: danza, música, esgrima, filosofía y vestido. Estas son las disciplinas que uno debe dominar cuando es noble, si quiere ser visto como tal, de ahí el interés del Sr. Jourdain por ellas.

Los maestros se benefician económicamente de las obsesiones del Sr. Jourdain. Por eso son especialmente dulces y considerados en su presencia. Pero esto es hipocresía, pues en realidad todos le desprecian: no pertenece a su mundo, no entiende sus códigos, no tiene ni la finura ni la inteligencia, ni siquiera la paciencia que le permitirían practicar las diversas artes que enseñan:

> "MAESTRO DE MÚSICA – [...] Es un hombre, en verdad, cuyas luces son pequeñas, que habla falsamente de todas las cosas, y aplaude sólo de mala manera; pero su dinero endereza los juicios de su mente. Tiene discernimiento en su cartera. (Acto I, escena I)

Aprovechados deshonestos, se enzarzan entre ellos en fútiles discusiones en las que cada uno afirma la superioridad de su disciplina y en las que, sobre todo, se muestran al menos tan tontos como el Sr. Jourdain. A fin de cuentas, la imagen que dan de la nobleza no es mucho más halagadora que la que da de la burguesía el Sr. Jourdain.

DORIMENE

La marquesa Dorimène es una viuda caprichosa a la que el Sr. Jourdain intenta seducir para aprovecharse de su título. Para ello, se arruina con suntuosos regalos, pero también espera complacerla con la nobleza de su espíritu. Además, durante la cena a la que la ha invitado, Dorimène parece mostrar cierto interés por el burgués, lo que inquieta a Dorante.

Es engañada por M. Jourdain, pero también por Dorante, que le hace creer que todos los regalos vienen de él. Sin embargo, la estratagema de Dorante funciona, ya que ella está a punto de casarse con él al final de la obra.

LOS JÓVENES BURGUESES: LUCILE Y CLÉONTE

Lucile es la única hija de los Jourdain. Encarna el estereotipo de la joven frágil, amorosa e ingenua. Su madre la anima a amar a Cléonte, mientras que su padre quiere imponerle un matrimonio que sirva a sus propios intereses.

Cleonte encarna otro cliché: el del protagonista joven, honesto y recto; es el amante apasionado, dispuesto a todo para seducir a su amada.

La pareja de amantes se compromete -y que consigue casarse al final de la obra- es un elemento recurrente en las comedias del periodo clásico.

LOS CRIADOS: NICOLE Y COVIELLE

Nicole es la sirvienta de la Sra. Jourdain. Como mujer del pueblo, se permite reírse a carcajadas y sin pudor de las extravagancias de su amo.

Covielle, el ayuda de cámara de Cleonte, es también amante de Nicole. Pragmático y astuto por naturaleza, es él quien urde una estratagema -invención del Gran Turco- para ayudar a su amo.

Los criados también son recurrentes en las obras clási-
cas. A través de estos personajes, Molière se ganó la sim-
patía y el apoyo de un sector más popular del público.

CLAVES DE LECTURA

UNA COMEDIA-BALLET

Sin abandonar las farsas (*Sganarelle ou le Cocu imaginaire* [1660]; *Les Fourberies de Scapin* [1671]), Molière se especializó en comedias costumbristas: caricaturizó abiertamente los defectos de la sociedad de su tiempo, aunque ello supusiera una polémica (*Les Précieuses ridicules* [1659]; *L'École des femmes* [1662]; *Le Tartuffe ou l'Hypocrite* [1664]; *Dom Juan*; *Le Misanthrope* [1666]; y *L'Avare* [El Avaro]).

Antes de él, la comedia era un género considerado en gran medida inferior a la tragedia (inspirada, en aquella época, en los autores de la Antigüedad); fue gracias a sus obras, de impresionante éxito, que el género adquirió sus cartas de nobleza.

Pero Molière fue también, con Jean-Baptiste Lully, el inventor de un nuevo género: la comedia-ballet, antepasado del musical, del que *Le Bourgeois gentilhomme* y *Le Malade imaginaire* son sin duda los ejemplos más representativos.

La primera comedia-ballet fue *Les Fâcheux*, en 1661. Ya era práctica común en la época colocar interludios cómicos en los ballets para dar tiempo a los bailarines a cambiarse entre escenas; pero donde Molière abrió nuevos caminos fue en el establecimiento de una continuidad argumental entre los pasajes bailados y los actuados. De hecho, en el momento de su creación, las comedias-ballet estaban preparadas para integrarse en un ballet: en el caso de Le *Bourgeois gentilhomme*, a la obra teatral le seguía el *Ballet des nations*.

La comedia-ballet utiliza los mismos recursos cómicos que la comedia canónica (comedia de gestos, situaciones, personajes y palabras), pero añade momentos de canto y danza.

No debe confundirse con la ópera-ballet: donde esta última se dispersa más en la trama, la comedia-ballet sigue una sola acción y no se preocupa de las acciones secundarias. Su tema central gira muy a menudo en torno a la cuestión del matrimonio de personajes corrientes, representantes de la vida cotidiana de la época.

En 1670, el rey Luis XIV, siempre ávido de entretenimiento, encargó al músico Lully que escribiera un ballet (en aquella época, un espectáculo de danza y canto). Al principio, a Molière sólo se le pidió que escribiera las pocas palabras del libreto.

Pero Molière no quería contentarse con hacer "farfullar" a los turcos y bailar a los ayudas de cámara. Así que escribió una obra entera. El dramaturgo quería incorporar la danza a la acción y reforzar la expresión de los sentimientos a través de la música. Sin embargo, el entretenimiento casi nunca se yuxtapone a la comedia, sino que es una prolongación natural de ésta. Se trata, pues, de un espectáculo completo.

Durante sus diez años de colaboración, Molière y Lully (asistidos por Pierre Beauchamp) crearon ocho comedias-ballet: *Les Fâcheux*, *L'Amour médecin* (1665), *Pastorale comique* (1667), *Le Sicilien ou l'Amour peintre* (1667), *George Dandin ou le Mari confondu* (1668), *Monsieur de Pourceaugnac* (1669), *Les Amants magnifiques* (1670) y *Le Bourgeois gentilhomme*.

LA MODA DE LAS TURQUERÍAS

El Imperio Otomano (1299-1923) era muy influyente en tiempos de Luis XIV y se extendía hasta Austria. También era una gran potencia comercial: sedas, tapices, especias, caña de azúcar, algodón y otros artículos de lujo pasaban por este país.

Por estas razones, algunas monarquías europeas combatieron a los turcos, mientras que otras trataron de aliarse con ellos. Sin embargo, en la época en que Molière escribió *El burgués gentilhombre*, el Imperio Otomano ya no se consideraba una amenaza militar, a pesar de que ocupaba los Balcanes.

En cualquier caso, esta civilización despertó la admiración de los occidentales: estaban realmente fascinados por el exotismo de esta tierra lejana, aún poco conocida en Occidente. En este contexto aparecieron las "Turqueries", es decir, obras de arte desarrolladas en Europa Occidental que representaban o imitaban la cultura turca, por ejemplo, en los campos de la música (la primera entrada de la ópera-ballet de Jean-Philippe Rameau [compositor francés, 1683-1764], *Les Indes galantes*, se titula "El turco generoso") o la ópera: *El rapto en el serrallo*, cuya música fue desarrollada por Mozart [compositor alemán, 1756-1791]; la *Marcha turca*, sonata del mismo Mozart, etc.

Bajo Luis XIV, el sultán otomano Mehmed IV (1642-1693) hizo expulsar al embajador francés en Estambul, pero deseoso de restablecer las buenas relaciones entre ambas potencias, envió en noviembre de 1669 un emisario a Versalles: Soliman Aga. Este emisario turco deslumbró a todos los que se cruzaron en su camino; la pompa y circunstancia que desplegó fue un testimonio del poder del sultán.

Pero una vez llegado a su destino, Suleimán Aga hizo caso omiso de la suntuosa bienvenida que recibió y menospreció a la monarquía francesa. Esta visita diplomática dejó una profunda impresión e indignación en la Corte

En *Le Bourgeois gentilhomme, la* moda turca aparece a través del disfraz de Cléonte. Esto le confiere directamente el estatus de noble a los ojos del admirado M. Jourdain, que inmediatamente le propone a su hija en matrimonio. ¿Quería Molière vengar la insolente frialdad del arrogante emisario que había desairado al rey? En cualquier caso, su bufonería de cuento de hadas sedujo a todo el mundo.

UNA OBRA CÓMICA

Una bufonada y una farsa

Le Bourgeois gentilhomme puede asimilarse a la bufonería -género teatral que hunde sus raíces en la Edad Media- en la medida en que la obra juega con lo ridículo y lo grotesco, ya sea a través de los personajes (aquí, escenificando las aberrantes ambiciones de M. Jourdain) o de los disfraces (por ejemplo, el traje de turco, que el protagonista se pone voluntariamente para ser ennoblecido).

Pero la obra se inscribe también en la farsa, género de origen medieval, tradicionalmente reservado al pueblo llano (por oposición a la comedia, destinada a un público burgués, y a la tragedia, destinada a un público noble), que lleva a escena las intrigas risibles de personas de condición media y baja, en un estilo a menudo tosco y grosero.

Tras sus viajes por Italia, Molière -que se hizo famoso en esta línea con obras como *Le Docteur amoureux* (1658) y, más tarde, *Les Fourberies de* Scapin- se inspiró en el género popular de la *commedia dell'arte*, sus personajes y sus procedimientos; introdujo varios de ellos en su teatro: lazzi (movimientos acrobáticos acompañados de juegos de palabras bufonescos, como en la supuesta ceremonia de ennoblecimiento de M. Jourdain), el humor bufo y el recurso cómico del quiproquo.

Con su obra teatral, Molière devolvió cierto caché al género de la farsa, considerado entonces indigno del interés de burgueses y nobles en Francia.

Cuatro muelles cómicos distintos

Tradicionalmente, las comedias se apoyan en cuatro fuentes principales: los gestos, los personajes, la situación y las palabras.

Como era de esperar, todas ellas son utilizadas por el dramaturgo en *Le Bourgeois gentilhomme:*

- **La comique de geste es** un tipo de comedia inducida por movimientos risibles (como el lanzamiento de golpes). Sin embargo, es el tipo cómico menos presente en la obra. Tradicionalmente aparece en las didascalias o puede ser añadido por el director al adaptarlo para la escena. Aparece, por ejemplo, en el acto II, escena II: *"El maestro de armas le empuja dos o tres botas y le dice: '¡En garde! " "*) ;

- **La comedia de personajes** se basa en los rasgos de carácter de uno o varios personajes que desencadenan la risa, ya sea por su ridiculez o por sus múltiples apariciones en el texto. Ésta es probablemente la forma de comedia más desarrollada de la obra. El personaje de M. Jourdain (su ingenuidad, su vanidad, su ambición) es el ejemplo más revelador a lo largo del texto, sus deseos de grandeza son objeto de burla y ridiculización constantes. La escena IV del acto III, en la que el burgués se apresura a dar dinero a Dorante -que le estafa-, es uno de los muchos ejemplos de la burla del protagonista;

- **la comique de situation** se encuentra varias veces en la obra: se trata de una situación que genera risa por su carácter ridículo o rocambolesco. Por ejemplo, la cuarta escena del acto II, en la que M. Jourdain repite las vocales de forma ridícula o las pocas escenas en las que el espectador (o el lector) sabe que Cleonte es en realidad el Turco disfrazado. En efecto, una de las manifestaciones privilegiadas de la comedia de situación es el quiproquo: el espectador es consciente de una determinada situación pero los demás personajes ignoran lo que realmente está ocurriendo. Esta distribución desigual del conocimiento pretende provocar la risa. Es el caso de la aparición de Cleonte, disfrazado de turco (Acto IV, escena VI), ya que el espectador, a diferencia del Sr. Jourdain, se ha percatado previamente del engaño.

- Por último, también está la **comedia de palabras**. Se manifiesta en juegos de palabras, en el uso de términos inusuales, en la confusión entre varias palabras similares, etc. Por ejemplo, en el Acto III, Escena V, Mme Jourdain responde irónicamente a Dorante, que le pregunta cómo está su hija: "Está bien sobre sus dos piernas. Y por supuesto, el uso por parte de M. Jourdain de un dialecto supuestamente turco cuando conoce a Cleonte ("Strouf, strif, strof, straf", Acto V, Escena IV) invita al público a reír.

UNA SÁTIRA DE LOS ADVENEDIZOS

En muchas de sus obras, Molière dramatiza y ridiculiza -a veces cínicamente- los peligros del exceso, el egoísmo, la hipocresía y la vanidad. Por otra parte, siempre promueve las ventajas de un comportamiento razonable. Así, de sus obras se desprende generalmente una moral práctica, como es en el caso de Le *Bourgeois gentilhomme*.

Algunas personas adquieren riqueza y éxito muy rápidamente. Entonces pueden sentir la necesidad de adornarse con objetos lujosos, de buscar, por todos los medios, mostrar ostensiblemente el nivel de influencia y poder que acaban de alcanzar. Pero a menudo sus orígenes siguen mostrándose tras esta nueva fachada y traicionan la naturaleza de su condición.

Son lo que comúnmente se conoce como los "nuevos ricos", los "parvenus": personas que han adquirido un estatus social superior, pero que no han conseguido adoptar los modales de ese estatus.

En el siglo XVII, había gente rica de extracción plebeya, y una minoría de ellos estaba obsesionada con la imagen que daban en sociedad. Estos burgueses presuntuosos imitan a quienes envidiaban y toman como modelo a los aristócratas. El deseo de deslumbrar se transforma a veces en una folie de grandeur.

Así, en *Le Bourgeois gentilhomme*, M. Jourdain -como *George Dandin*, el héroe de la obra homónima- cree que puede convertirse en miembro de la nobleza apropiándose, mediante el dinero y la educación, de las características de esta clase social: apariencia, lengua, cultura y modales. Y con esta idea en mente convoca en su casa a una hueste de maestros de todo tipo.

Pero al Sr. Jourdain le cuesta adoptar los códigos de la nobleza: es torpe durante su lección de esgrima (Acto II, escena II), le gusta la música grosera, indigna de un noble (Acto I, escena II), demuestra su falta de cultura en cuanto abre la boca (Acto II, escena IV), etc.

También es incapaz de reconocer los códigos y prácticas de la nobleza, por ejemplo, aceptando una ridícula lección sobre pronunciación de vocales en lugar de una lección de física (Acto II, escena II), algo que un verdadero noble, o al menos alguien familiarizado con el mundo nobiliario, nunca habría hecho.

El Sr. Jourdain cultiva su obsesión por el exceso y la lleva hasta el ridículo. Esperamos el momento en que finalmente implosione, como la rana que quiere ser tan grande como el buey en la fábula de La Fontaine (poeta francés, 1621-1695). Y Molière se burla de él sin piedad, porque se cree diferente y pretende elevarse por encima de su rango.

Sin duda comparte la opinión expresada por Cleonte en esta larga diatriba:

> *"CLÉONTE – […] Creo que toda impostura es indigna de un hombre honrado, y que hay cobardía en disfrazar lo que el cielo nos ha dado, en adornarnos a los ojos del mundo con un título robado, en querer darnos por lo que no somos. Nací de padres, sin duda, que ocupaban cargos honorables. He adquirido el honor de seis años de servicio en el ejército, y*

Le Bourgeois gentilhomme es por esto una construcción literaria más compleja de lo que parece, que utiliza varios niveles de comicidad para suscitar la risa en el espectador: además de los diferentes tipos de comedia (gestual, de personajes, de situación, de palabras), Molière se apropió de un género impopular en la época -porque estaba reservado al pueblo- y le dio una visibilidad y un éxito sin precedentes.

Como de costumbre, también deslizó en su comedia una crítica de la sociedad contemporánea y, al hacerlo, nos invita a releer su obra.

VÍAS DE REFLEXIÓN

ALGUNAS PREGUNTAS PARA SEGUIR REFLEXIONANDO...

- ¿Por qué cree que Molière sólo presenta al Sr. Jourdain en la segunda escena de la obra? ¿Qué sentido tiene una entrada tan tardía?

- ¿Cuál es el verdadero papel de los distintos maestros? ¿Cómo contribuyen a la comedia de la obra?

- La Sra. Jourdain tiene una cierta concepción del matrimonio; ¿cuál es? ¿En qué se diferencia de la de su marido, el Sr. Jourdain?

- ¿En qué circunstancias puede decirse que el personaje de Nicole es una prolongación del de Mme Jourdain?

- ¿Cuál cree que es la forma más eficaz de comedia en la obra? ¿Por qué sí o por qué no?

- ¿Era necesario que Dorante conociera la farsa de Cleonte y Covielle? ¿Cuáles son sus intereses respectivos en este asunto?

- Elija algunas expresiones que revelen el verdadero estatus social del Sr. Jourdain.

- Caracteriza el lenguaje del ayuda de cámara, Covielle, contrastándolo con el del amo, Cleonte. ¿Cómo muestran sus respectivas formas de expresarse las distintas visiones del amor?

- ¿Suprimir las escenas de baile perjudicaría la representación de la obra? Considera los pros y los contras.

- Ver una de las adaptaciones de la obra (en cine o teatro). Compare estas diferentes versiones. ¿Qué similitudes y diferencias observas con el texto?

PARA IR MÁS LEJOS

EDICIÓN DE REFERENCIA

MOLIÈRE, *Le Bourgeois gentilhomme, Le Médecin malgré lui*, París, Maxi-Livres, 2005.

ESTUDIOS COMPARATIVOS

DANTZIG C., *Dictionnaire égoïste de la littérature française*, París, Grasset, 2005.

DE BEAUMARCHAIS J.-P. y COUTY D., *Dictionnaire des grandes œuvres de la littérature française*, París, Larousse, 2001.

POLET J.-C. (ed.), *Patrimoine littéraire européen. Avènement de l'équilibre européen (1616-1720)*, tomo II, Bruselas, De Boeck, 1996.

¡Su opinión nos interesa!
¡Deje un comentario en la pagina web de su librería en línea,
y comparta sus favoritos en las redes sociales!

www.resumenexpress.com

ISBN ebook: 9782808687072
ISBN papel: 9782808698474
Depósito legal: D/2023/12603/1127

Cubierta: © Primento
Libro realizado por Primento, el socio digital de los editores